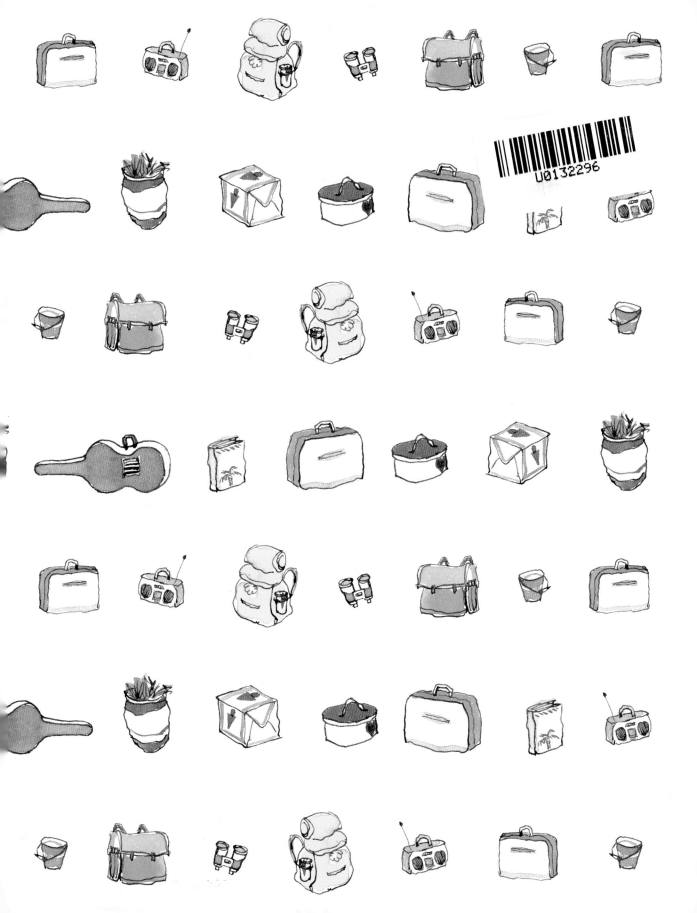

U0132296

Le voyage de l'âne
Author: Isabelle Grelet
Illustrator: Irène Bonacina
© DIDIER JEUNESSE, Paris, 2012

系列：快樂普通話繪本（Let's Learn Putonghua Picture Book）
書名：小驢的旅行
著者：Isabelle Grelet
繪者：Irène Bonacina
譯者：周淑賢

策劃編輯：張艷玲
責任編輯：張艷玲
書籍設計：鍾文君

出版：三聯書店（香港）有限公司
　　　香港北角英皇道 499 號北角工業大廈 20 樓
發行：香港聯合書刊物流有限公司
　　　香港新界大埔汀麗路 36 號 3 樓
印刷：中華商務彩色印刷有限公司
　　　香港新界大埔汀麗路 36 號 14 樓
版次：2015 年 5 月香港第一版第一次印刷
規格：大 16 開（200 x 250mm）40 面
國際書號：ISBN 978-962-04-3478-5
© 2015 三聯書店（香港）有限公司
Published in Hong Kong

Let's Learn Putonghua Picture Book
快樂普通話繪本

小驢的旅行

Isabelle Grelet
Irène Bonacina

nóng chǎng li yǒu yī zhī xiǎo lú　　tā jué de měi tiān de shēng huó dōu yī yàng
農場裏有一隻小驢。他覺得每天的生活都一樣，

fēi cháng wú liáo
非常無聊。

gōng jī měi tiān dōu zài dà jiào
公雞每天都在大叫。

xiǎo zhū měi tiān dōu zài dǎ gǔn
小豬每天都在打滾。

tù zi měi tiān dōu zài fā dāi
兔子每天都在發呆。

shān yáng měi tiān dōu zài chī dōng xi
山羊每天都在吃東西。

zhè yàng de shēng huó tài wú liáo le
這樣的生活太無聊了！

xiǎo lú xiǎng   zěn me zuò kě yǐ gèng kuài lè
小驢想：怎麼做可以更快樂？

nóng chǎng li yǒu yī liàng fēi cháng jiù de chē
農場裏有一輛非常舊的車。

xiǎo lú jué dìng xiū yi xiū zhè liàng chē
小驢決定修一修這輛車。

gōng jī zǒu guo lai
公雞走過來。

zǎo shang hǎo　　nǐ zài zuò shén me
「早上好！你在做甚麼？」

wǒ zài xiū chē　wǒ xiǎng qù lǚ xíng　zhè li de shēng huó tài wú liáo le
「我在修車，我想去旅行。這裏的生活太無聊了！」

wǒ kě yǐ gēn nǐ yī qǐ qù ma　wǒ kě yǐ bāng nǐ kàn dì tú
「我可以跟你一起去嗎？我可以幫你看地圖。」

xiǎo lú xiǎng　suī rán wǒ xiǎng zì jǐ qù lǚ xíng　dàn shì gōng jī kě yǐ kàn dì tú
小驢想：雖然我想自己去旅行，但是公雞可以看地圖⋯⋯

hǎo ba　dàn shì　bù yào gào su qí tā xiǎo dòng wù a　hǎo ma
「好吧！但是，不要告訴其他小動物啊，好嗎？」

hǎo　gōng jī gāo xìng de tiào qi lai
「好！」公雞高興得跳起來。

小豬也來了。

「早上好！你在做甚麼？」

「我在修車，我想去旅行。這裏的生活太無聊了！」

「我可以跟你一起去嗎？我可以幫你搬行李。」

小驢想：行李非常重，如果小豬可以幫我……

「好吧！但是，不要告訴其他小動物啊，好嗎？」

「好！」小豬的尾巴高興得搖起來。

然後，兔子來了。

「早上好！你在做甚麼？」

「我在修車，我想去旅行。這裏的生活太無聊了！」

「我可以跟你一起去嗎？我可以幫你開車。」

xiǎo lú xiǎng　kāi chē fēi cháng lèi　　rú guǒ tù zi kě yǐ bāng wǒ
小驢想：開車非常累，如果兔子可以幫我……

hǎo ba　　dàn shì　　bù yào gào su qí tā xiǎo dòng wù a　　hǎo ma
「好吧！但是，不要告訴其他小動物啊，好嗎？」

hǎo　　　tù zi de ěr duo gāo xìng de shù qi lai
「好！」兔子的耳朵高興得豎起來。

zuì hòu　　shān yáng lái le
最後，山羊來了。

zǎo shang hǎo　　nǐ zài zuò shén me
「早上好！你在做甚麼？」

wǒ zài xiū chē　　wǒ xiǎng qù lǚ xíng　　zhè li de shēng huó tài wú liáo le
「我在修車，我想去旅行。這裏的生活太無聊了！」

wǒ kě yǐ gēn nǐ yī qǐ qù ma　　wǒ kě yǐ gěi nǐ chàng gē
「我可以跟你一起去嗎？我可以給你唱歌。」

xiǎo lú xiǎng　　 suī rán wǒ yě huì chàng gē　　 dàn shì shān yáng chàng de fēi cháng hǎo
小驢想：雖然我也會唱歌，但是山羊唱得非常好⋯⋯

hǎo ba　　 dàn shì　　 bù yào gào su qí tā xiǎo dòng wù a　　 hǎo ma
「好吧！但是，不要告訴其他小動物啊，好嗎？」

hǎo　　　 shān yáng de hú zi gāo xìng de qiào qi lai
「好！」山羊的鬍子高興得翹起來。

chū fā de nà tiān zǎo shang　gōng jī　xiǎo zhū　tù zi hé shān yáng chǎo qi lai
出發的那天早上，公雞、小豬、兔子和山羊吵起來

le　tā men dōu xiǎng qù lǚ xíng
了，他們都想去旅行。

zhè shí hou　　xiǎo lú lái le
這時候，小驢來了。

　　péng you men　　bié chǎo le　　chē hěn dà　　wǒ men kě yǐ yī qǐ qù lǚ xíng　　chū
「朋友們，別吵了！車很大，我們可以一起去旅行。出

fā ba
發吧！」

jiù zhè yàng　xiǎo lú de lǚ xíng kāi shǐ le
就這樣，小驢的旅行開始了。

yīn wèi xiǎo lú xiǎng qù kàn hǎi　　suǒ yǐ tā men jué dìng xiàng nán zǒu
因為小驢想去看海，所以他們決定向南走。

zài lù shang gōng jī bāng xiǎo lú kàn dì tú　　xiǎo zhū bāng xiǎo lú bān xíng li
在路上，公雞幫小驢看地圖，小豬幫小驢搬行李，

tù zi bāng xiǎo lú kāi chē
兔子幫小驢開車。

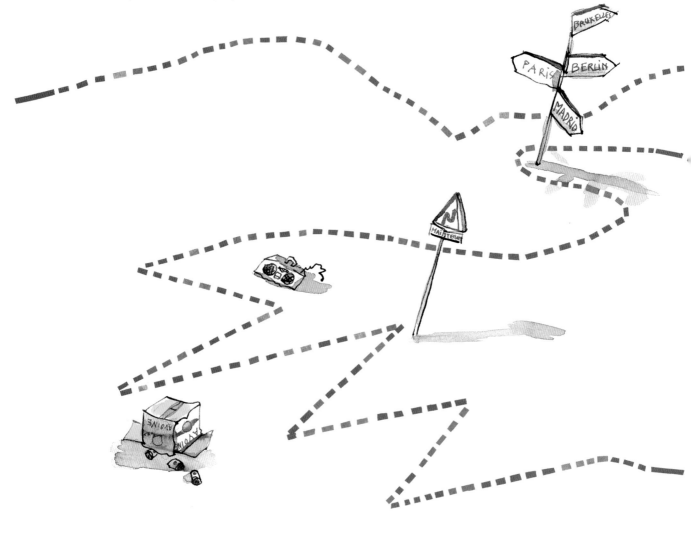

晚上，山羊給他們彈吉他和唱歌。大家都很開心。

在法國南部看到雪山的時候，山羊的鬍子興奮得翹起來。

「雪山太漂亮了！朋友們，我要留在這裏。小驢，謝謝你！祝你們玩得愉快！」

在意大利看到賽車的時候，兔子的耳朵興奮得豎起來。

「賽車太刺激了！朋友們，我要留在這裏。小驢，謝謝你！祝你們玩得愉快！」

在西班牙北部看到藝術展覽的時候，小豬的尾巴興奮得搖起來

「這些藝術品太美了！朋友們，我要留在這裏。」

「小驢，謝謝你！
zhù nǐ menwán de yú kuài
祝你們玩得愉快！」

zài xī bān yá nán bù kàn dào wǔ dǎobiǎo yǎn de shí hou　gōng jī xīngfèn de tiào qi lai
在西班牙南部看到舞蹈表演的時候，公雞興奮得跳起來。

wǔ dǎobiǎo yǎn tài jīng cǎi le　　wǒ yào liú zài zhè li　　xiǎo lú　　xiè xie nǐ　　zhù
「舞蹈表演太精彩了！我要留在這裏。小驢，謝謝你！祝

nǐ wán de yú kuài
你玩得愉快！」

xiǎo lú jué de yǒu diǎnr gū dān dàn hái shi jué dìng zì jǐ qù kàn hǎi
小驢覺得有點兒孤單，但還是決定自己去看海。

<ruby>終<rt>zhōng</rt></ruby> <ruby>於<rt>yú</rt></ruby>，<ruby>小<rt>xiǎo</rt></ruby> <ruby>驢<rt>lú</rt></ruby> <ruby>到<rt>dào</rt></ruby> <ruby>了<rt>le</rt></ruby> <ruby>海<rt>hǎi</rt></ruby> <ruby>邊<rt>biān</rt></ruby>。

dà hǎi lán lán de　　hǎi fēng nuǎn nuǎn de　　dàn shì　　xiǎo lú hái shi jué de
大海藍藍的，海風暖暖的。但是，小驢還是覺得

hǎo xiàng shǎo le shén me dōng xi
好像少了甚麼東西。

xiǎo lú xiǎng　zěn me zuò kě yǐ gèng kuài lè
小驢想：怎麼做可以更快樂？

zhè shí hou　　tā tīng dào yī xiē shēng yīn
這時候，他聽到一些聲音。

「早上好！你在做甚麼？」

「我在修船，我想去旅行。」

「我可以跟你一起去嗎？我可以幫你划船。」

「好！」一隻小母驢爬出來。

「但是，我有兩個要求：第一，我要坐在你的旁邊；第二，我來決定去哪裏。」

小驢心跳得很快。

「好！你坐在我的旁邊，你決定去哪裏。」

就這樣，小驢的「新旅行」開始了。

現在，小驢不覺得無聊，也不覺得孤單了。

qīn ài de péng you
親愛 的 朋友：
　　wǒ xiàn zài fēi cháng kuài lè 　　wǒ zhōng yú zhǎo
　　我 現 在 非 常 快 樂！我 終 於 找
dào le xiǎng yào de shēng huó 　　wǒ men xià cì zài yī
到 了 想 要 的 生 活！我 們 下 次 再 一
qǐ qù lǚ xíng ba
起 去 旅 行 吧！

xiǎo lú
小 驢